저녁의 첼로

저녁의 첼로

최계선 시집

민음의 시 54

민음사

차례

1

승려새 ——————————— 11

나무에 기대다 ——————— 12

地龍 —————————————— 13

먼 시간 속으로의 발걸음 ———— 14

거지들 ——————————— 16

거미의 방 ————————— 18

지층 위를 달리는 푸른 말 ——— 20

사과 ———————————— 27

럭비공 ——————————— 29

막대자석 —————————— 30

테크노피아 사막 ——————— 31

시궁쥐와의 조우 ——————— 32

죽은 고양이를 위한 진혼곡 ——— 34

갈증과 갈등으로부터 ————— 39

벽 ————————————— 43

아침의 사색 ————————— 44

길, 또는 이곳 ———————— 45

탄력을 위한 움직임 —————— 47

차례

2

저녁의 첼로 ——————————————51

비에 대한 유리창의 기억 ——————————52

투망 ————————————————54

흐린 날의 만남 ——————————————55

엘리베이터 ————————————————56

꼽추가 낙타를 타고——————————————58

신화의 힘——————————————————59

풍선, 입, 하늘 ——————————————62

유목민의 마을 ——————————————63

고요한 블랙홀 ——————————————64

그의 가족——————————————————66

돌꽃 ————————————————————67

중심을 향해 달리는 바퀴 ——————————69

베수비어스 화산 ——————————————71

잠자는 베수비어스————————————————73

이름 없는 뒷산 ——————————————75

차례

3

왕잠자리의 산책길 ——————— 79

마지막 주자 ——————— 80

으악새 ——————— 82

누드새 ——————— 83

집으로 가는 길 ——————— 84

내 눈 ——————— 85

지우개를 위하여 ——————— 86

마음의 구조 ——————— 87

불나방 ——————— 88

바지와 나 ——————— 89

마음의 형상 ——————— 91

마음의 현상 ——————— 92

절벽의 끝은 하늘인가 ——————— 93

마음의 起源 ——————— 95

마음의 소멸 ——————— 96

새 ——————— 98

차례

횡단철도————————————99

聖人의 길————————————101

암흑성운의 먼지들————————102

회화나무의 가을————————103

눈 내리는 날 나는 누구인가————————104

승려새
—— 序詩

깃털의 권태,
너저분한 날들,

아—— 알몸으로 걷고 싶네
달빛 환한 밤에
내 살이 어떤 색을 띠는지
알몸으로 보고 싶네.

어느 날 승려새는
산길 한쪽에
깃털들 가지런히 벗어놓고
모습 감추고.

산책길에 내리는 투명한 달빛,
누더기 기워 입은 몸에서
이제 새순이 자라는 것 같으니

승려새여
알몸의 길에 대한
소식다오.

나무에 기대다

골목만한 창문이 환하기도 하다.
문창호지가 달빛의 마음을 닮아
빛들의 경계선을 지우니
그늘 없는 달들이
덩달아 골목을 지나간다.

나무가 꽃 피운 열매들, 떨어진 잎사귀들을
다시 제 몸으로 걷어들여 꽃 피운 향기들,
그러한 나무에 온갖 것들을 기대고 살고 싶은
나무 아닌 나.

地龍

질퍽한 마당을 비 맞으며 기어가는
지렁이 한 마리.
성욕 없는 성스러운 몸으로 태어나
늦여름 열반의 비를 다 맞으며
어딜 가는지

먼 시간 속으로의 발걸음

나뭇가지를 붙들고 서 있는
네 모습을 사진으로 본 후

카멜레온——
나는 종종 밖으로 뛰어나가
멍하니 하늘을 바라보는 습관이 생겼지
그때마다 너는 꼭 나뭇가지가 아닌
내 머리를 붙들고 서서
나와 함께
하늘을 바라보는 즐거움을 느끼는 것 같았지
짙푸른 바탕 위에
구름이 그려내는 흰색의 그림들은
머뭄 없이 흘러가서 좋았고,

카멜레온——
우리는 뭔가 어색한 곳에서 살고 있었지
땅도 하늘도 아닌 곳에서
현실도 이상도 아닌 세계를 배회하며
부지런히, 그리고 부질없이,

카멜레온——
이제 먼 시간 속으로 움직여봐야지
너는 잊혀진 시대의 전설 속으로
나는 사라진 시대의 풀잎 속으로

거지들

산 중턱에 쭈그리고 앉아
물에 잠긴 마을을 멍하니 내려다보고 있는
거지들은 가진 것 없어
아쉬움도 없는 사람들.

재앙이 지나간 뒤에야 비로소 하늘은 사람들과
가까워진다.
활짝 개인 푸르름, 맑고 투명한 햇살의 속살.

걸신들린 마음 속 거지들을 먹여살리느라고
하늘을 볼 새 없었다. 어떤 느낌도 없이
황폐한 거지가 되어갔고, 그러다보니 어느새
구걸하느라고 굽은 등 위로 겅중 올라앉은
생각지도 않은 거지가
부시시한 내 머리가죽을 잡아당기며
나를 慾의 세계로 집요하게 끌고다닌 것이었다.

처음부터 이런 것은 아니었다.

아이처럼, 하늘처럼,
맑고 푸르고 투명하고……

거미의 방

거미가 그려진 판박이 비닐을
가슴에 대고 문지르던 유년의 기억들 속에
다 벗겨지지 않은 판박이 거미의
큰 궁둥이만한 의혹들이
아직도 내 머리 속에서 꿈틀대며 기어다닌다.

계속되는 장마 속에서 죽치고 지내는 날들,
악몽은 유난히 길고 눅눅하다
구석에 사는 거미들이
내 생각들을 흉흉하게 꾸며나가고.

무엇인가, 나를 이토록 견고하게 붙들어매고
끈질기게 끌고 가는 것은,
끈질기게……
생각하는 시간 속에서도……

뒤척이는 밤, 거미는 좀더 넓직하게 구석을 차
지한다

차지한다 내 방이 누에고치가 될 때까지,
거미줄 위에 내 껍질 널려 있을 때까지.

지층 위를 달리는 푸른 말

1

습기라면 몰라도
일 년 내내 빛이라고는 한 접시 들어올 리 없는
지하실 방 한 켠에서
그는 밤의 시간을 즐긴다
머리 맡에 수북히 쌓인 빨래들의
퀴퀴한 냄새 속에서도,
천장을 지나는 하수관의
물 흐르는 소리 속에서도,
그는 즐긴다, 숨통을 조이던 넥타이를 풀고
지하세계와 초원지대를 넘나드는
그만의
간섭 없는
상상의 시간을.

2

왕겨들이 귀 밑에서 부스럭거린다.

그는 베개 밑의 지구에서
어떤 소리라도 듣고 있는 것처럼
꼼짝않고 누워있다, 감각은
젖은 걸레조각처럼 후줄근하게 처박혀 있던
감각은, 펄럭인다.
누군가 계단을 내려온다.
컴컴한 복도를 울리는 구두소리……

왕의 관을 메고 무덤 속으로 들어가
죽는 날까지 무덤 속을 지키다
지금은 녹슨 칼과 투구와 앙상한 뼈로 남아
몰락한 한 왕조의 권위를 지켜주고 있는
병사의 죽음 곁으로
그는 조용히 지나간다.
너무 오래된 죽음의 흔적들만 즐비하게 널려
있는
이곳,
생성이 거의 소멸된 이곳에서의

말은
무덤 속의 고요를 깨뜨리며
진동과 함께 침묵하는 흰뼈들의 턱을 무너뜨
릴 뿐,
공허하게 되돌아온다.
이곳,
해체가 거의 진행완료된 이곳에서의
이념의 칼은
자살을 꿈꾼다면 모를까
목적 없는 구두소리와 함께 수렁 속으로 달려
갈 뿐이다.
이곳, 이곳은 쓰다가 파묻힌 땅, 그리고 우리
가 죽어서 쓸 땅.

3

문은 벌판으로 열리고
컴컴한 복도를 울리던 구둣소리가

그의 어둡던 생각들을 데리고 도시를 빠져나간다.
텔레비전의 푸른 빛이 창문마다 가득한
밤의 도시.
빗장을 걸어놓고 일과 후의 시간을 드라마와
함께 보내는 사람들과
벌어진 가랑이 사이에서
붉은색 전구의 발광하는 필라멘트처럼
요동치는 욕망의 즙을 받아주며 살아가는 사람
들 주변에서
그는 훤한 달을 쳐다보며
걸어간다. 아기곰, 전갈, 쌍둥이……
가끔 그의 등뒤에서 쏟아지는
강렬한 빛과 경적소리에 깜짝 놀라
자동차의 앞길을 황급히 피해 주며.

4

흙탕물에 젖은 옷을 근심스런 표정으로 내려다

보며
　우둑하니 비 맞고 서 있던
　퇴근길에 마주쳤던 아이 하나 데리고
　그는 풀밭으로 간다.

　하늘은 높고 푸르다, 노래부르며
　울긋불긋한 가방과 함께
　단풍 속으로 들어간다.

　갈기를 휘날리며 지층 위를 달려가는
　푸른 말 한 마리를
　그는 본 것도 같다
　관념의 딱딱한 머리통을 뒷발로 걷어차며
　쏜살같이 달려가던 푸른 말.
　눈으로 본 것도 아니고
　머리 속에 떠오른 것도 아닌 ……

　생각 전의 말, 엮어지기 이전의 말은

어떤 형태로 존재하는가.
존재하는가?
말들은 코 밑에서 헛되게 쏟아지고
튀어나간 말들은 휘저어도 뒤섞이지 않은 채로
고스란히 되돌아 온다.

햇살 아래 몸 말리는
망각의 부드러운 풀밭.
망각의 기쁨.

사물에 대한 인식능력이 부족한 무지한 자들
중에
자신의 무지함을 유일하게 인식하는 자는
자기학대증 환자로 발전한다
태어나기 이전의 세계로 되돌아가고 싶어하며.
…… 무지
무지의 즐거움을 누릴 줄 모르는 것이
그의 병이다.

5

눈을 뜨면, 멍하니 둘러 서 있는 벽의 어둠.
그는 여기에 살고 있다
논리와 이념의 복잡한 구조 속에서
말의 홍수 속에서
밤마다 십자가들이 붉게 피 흘리는 공동묘지
주변에서
현실과 이상의 세계를 오락가락하면서
…… 무덤의 시든 꽃을 갈아주면서.

사과

잘게 쪼개진 그물조직의 눈세포로
잠자리가 사과를 바라본다면,
원근감 없는 외눈으로
신화 속의 거인이 사과를 바라본다면,
유혹 없는 흑백의 시선으로
황소가 사과를 바라본다면,
빛과는 무관한 초음파의 감각으로
박쥐가 사과를 바라본다면,
균형과 조화를 무시한 삐딱한 시선으로
광어가 사과를 바라본다면,
모양과 색깔에는 관심 없는 말초적 입장에서
사과 속의 애벌레가 사과를 바라본다면,
　지구를 움직인
　　아담과 이브의 종교적 사과가 아니라
　　스피노자의 철학적 사과가 아니라
　　뉴턴의 과학적 사과가 아니라
　　윌리엄 텔의 문학적 사과가 아니라
가시적 현상에 의지하지 않는

참나의 눈으로
사과나무처럼 사과를 바라본다면.

럭비공

어느쪽으로 튕겨나갈지 모릅니다.
사방에서 주시하십시오.
이것은 공,
훌렁 뒤집어 보아도
배꼽이 없는 공,
텅 빈 공,
바닥에 떨어지기 전에 만나야 할
공입니다.

막대자석

종이 위에 뿌려진 쇳가루들이
말굽자석을 따라
졸졸 쫓아다니던 광경이 우습기도 했지만

나도 지구의 커다란 자석 위에 붙어 사는
막대자석,
지자력이 없어지면 이내 꼬꾸라질
쇳가루지.
지구를 29일 만에 한 바퀴 도는 달이
생리 현상과 무관하지 않듯
알게 모르게 나를 움직인

흙과,
단절된 채,
시름시름 녹슬어 가는,
도시의 밤,
검붉은 사막.

테크노피아 사막

흙을 밟아본 게 언제였는지도 모르겠다.
그런 유령의 세월은
떠도는 나를 바라볼 시간도 없이
참 잘도 흘러간다.

지글대는 아스팔트 길 위에서
아지랑이처럼 하늘하늘 걸어가는 오후,
오후의 뜨거운 타마구 열기가
숨통을 콱콱 조른다
죽지 않을 정도로만.

(바위틈에 뿌리를 내리고 살아가는
풀들이 있다.
어제 오늘의 일이 아니다.)

사막이다, 건조한
사막, 모래 없는 사막, 명백한
테크노피아 사막.

시궁쥐와의 조우

시궁창으로부터 되돌아와
털 없는 미끈한 욕망의 도시를 밑닦아주는
썩은 비, 주적주적 내리는 밤
다 젖은 털가죽코트를 걸치고
구두끈 같은 꼬리를 질질 끌며
쥐 한 마리 찾아왔던가
마하리쉬의 『나는 누구인가』 책 읽던 밤.
(시작 없는 과거로부터 계속되어 온 이 대상에
대한 생각들이 모두 없어지고 순수한 진아로서만
있을 수 있다는 것이 과연 가능합니까?……)

마주친 시선, 그리고 두 눈을 반짝이는 시궁쥐와
서먹서먹한 침묵의 시간을 보냈던가
——너의 그 이쁜 두 눈알을 뽑아 알약 대신 병
속에 집어넣고 밤마다 서늘한 형광불빛 아래서 죽
음의 푸른 그늘도 없는 네 눈알을 흔들며 살아가
고파.

뇌란스런 생각들이
서로의 생각들을 물고 뜯으며 싸우던 밤.
내 머리통을 내던지고 싶던 밤!

죽은 고양이를 위한 진혼곡

1

쓰러진 아름드리 나무 위에 꽃피는
독버섯의 화사한 유혹이
神의 손길보다도 가깝다.

2

구석은 그 썩은 고양이의 몸을 숨겨주고 있었다
어둠의 한편에 보답이라도 하듯
해체의 거룩한 작업을 묵묵히 수행하는
흰 구더기들을 보호라도 하듯

지하는 그들의 몸을 흡수하고 있었다
죽음이 미처 다 걷어가지 못한
육체의 이 놀랍도록 추잡한 껍질들과
가득찬 내장에 불지르듯
보일러는 웅웅거리며 돌아가고 있었다.

공허로운 종말의 현장.
놀란 머리가 움직이지 않는다
부글대며 펄펄 끓던 뚜껑 속의 생각들도
기억과 상상들도 모두
잠시 나를 떠난 것 같은

不在의 순간.
아무것도 있어본 적 없고, 있지도 않은,
무색의 세계, 충만한.

3

과거가 무색할 정도로 고양이는 썩어 있었다
그가 한때 고양이었다는 흔적은
털들뿐

독수리가 갈가리 찢어놓은 산짐승의
너덜너덜한 내장 속으로

스멀스멀 꼬여드는
벌레들의 합창 소리 들리는 듯,
고양이의

머리를 잡아들자 집게에는 다 부스러진
흰 뼈들의 앙상한 추억만 집혀 올라오고
기억세포를 먹어치운 구더기들
후둑후둑 떨어지고

극락왕생의 꿈
지옥은 어디고 연옥은 어딘지.

4

열려진 이 무덤 옆에는 내 방이 있어
몸 눕히던 곳.
때론 발가벗은 사타구니를 어루만지면서
책 읽던 곳.

4각형의 방안에서
2심방 2심실의 가슴을 콩닥거리며.
벽 하나를 사이에 두고
참 캄캄하게도 살아왔구나
썩은 몸에서 흘러나온 물이
내 머리맡을 검게 적시는 줄도 모르고
죽음이 나란히 누워 있는 줄도 모르고

참 우울하게도 살아왔구나
소멸되어가는 같은 시간 속에서
넝마가 다 된 몸을 질질 끌고
누군지도 모를 내가
어딘지도 모를 그곳을 향해.

5

광분한 상징 기호들이
神의 후광보다도 더욱 밝게 빛나는

밤이다
무슨 궁륭 같은 그늘로 뒤덮였던 머리가
잠깬 사물들을 바라본다

神의 마음이 변하지 않았다면
빈 깡통을 뒤지며
도둑의 길을 불안하게 걸어온 한 죽음에
뜻깊은 외투를 걸쳐주겠지
존재의 이유를 캐묻지 않고
존재의 의미를 따지지 않고
그것이 神의 몫일 테니까.
허공이 세계를 어루만져주는 밤.

갈증과 갈등으로부터

1

절망이 있다, 포기도 있고 체념도 있고
그로부터 무심도 있고 깨달음도 있다
있겠지만,
오기로 사는 즐거움도 있다.
죽음이라는 것도 또한
나를 얼마나 살맛나게 만드는지.

2

비명소리가 들렸으나 곧 조용했다.
고무타이어를 흥건히 적시며
깔려죽은
고양이의
그 너덜너덜한 가죽과
피와
쏟아진 내장들이
세상의 모든 소리들을 덮고 있는 듯 했다

짧은 순간이었으나
이 무거운 침묵 속의 시간은
끝날 것 같지 않았다
그 속에서 늙어 죽을 수도 있을 것 같았다.

아무것도 움직이는 것은 없었다.
다만 놀란 눈들이 지켜보는 가운데
허연 달빛만이
여기저기 널려 있는 고양이의 흰 살점들을
한가로이 줍고 있었다.

3

죽음이 뭐 그리 놀라운 것은 아니었다.
죽음은 늘 진행되기 마련이니까,
죽음 그 자체는 시간이 지날수록 氣가 盛해지고
죽음은 죽음으로 완성되고
죽음은 죽음으로 태어나는 것이니까,

아무튼 죽음은 온갖 몸짓으로
가능한 한 찰싹 달라붙어 있으려는 연인들처럼
우리 곁에서
은밀히 시뻘건 혓바닥을 비벼대고 있는 것이다
암수 한몸으로 태어나지 않은 것이
무슨 천추의 한이라도 되는 것처럼
그렇게 가까이서.

그렇다고 기립박수를 칠 일도 아닌 죽음이
도처에서 잔혹하게 완성된다.
(민첩하다는 고양이가 왜 차에 치어 죽었을까
죽음의 방식이 시대에 걸맞기는 하지만)

죽음은 이제 해부학에 가깝다.

4

거친 모래알들이

이곳의 시간을 휩쓸고 지나간다.
목마르다.
무기력감 속에서도
갈증은 지겹게 일어난다.
내 안에 도대체 몇 놈이 들어앉아서
서로 먼지나도록 치고박는지.
오기를 부추기는 놈은 누구고
이성을 따지는 놈은 누구고
한쪽에서 서글프게 우는 놈은 누구고
또 무심한 척 하는 놈은 누군지.

걸레 같은 놈들과 함께
나는 이 해체의 시절을 지나간다.

벽

벽에 줄줄이 붙어 있는 입후보자의
벌린 입이
좀처럼 다물어질 것 같지 않다.
그렇다고 무슨 관계가 이루어진 밤의 역사와
우상의 등뒤에서 리모콘을 갖고 노는 여자와
소모품으로 전락한, 내던져진 사람들을
대변할 것도 아니면서
무슨 미련한 미련 때문인지
선거가 끝난 후에도 포스터는
여전히 펄럭이고 있다.
색바랜 구호들.
벽을 가득 메운 기호인간들이
벽 앞을 지나는 사람들의 귀에다
내일의 희망에 대한, 보장된, 신념의,
지루한 이야기를 오늘도 쉬임없이 떠들어대고.
상징과 허구의 공허로움 속에서
벽을 따라 걷는
이 힘없는 날들의 거리.

아침의 사색

우리는 서로 말하지 않는다
그리고 쟁반에 덮여 배달된 조간신문의
맛대가리 없는 머리기사에 대해서도
한마디 사설 붙이지 않고
우리는 각자 따로국밥을 먹는다.

놀라울 것도 없이
새로울 것도 없이
부시시 일어서는 하루.
몰락과 환멸에 대한
아침의 사색……

우리는 서로 말하지 않는다
한 접시의 콩나물
상당수의 머리가 썩어 있어도.

길, 또는 이곳

이곳의 길들은
끝이 없다, 창자들만큼이나 길게 이어진
길 위에
어디서 쏟아져 나왔는지
쿵쿵거리는 공룡들의 모습이 보이고

제 몸집보다도 몇배나 더 큰
욕망의 덩어리를 끌고 분주히 돌아다니는

번잡한 길 위에
더러 성질난 코뿔소의 힘찬 움직임도 보인다.
돌진하는
그의 뿔 난 코를 가로막는 것은
무심의 바다, 혹은 허공 뿐.

이곳에는 神이 없다.
아무것도 믿을 것이 없다, 믿음 없는 神은
그저 질투나 하는 존재로 남아 있을 뿐이다.

은총이란 없다, 고통만이 있고
확신할 만한 나도 없다,
줏대 없는 가재눈을 삐딱하게 뜨고
공허로운 세계의 주변에서 기웃거리는
방랑자는, 혹시 있을지도 모른다.

이곳에는 옛 시간의 그리움도 없다.
단지 환멸스런 집념만이 있을 뿐.

탄력을 위한 움직임

장화를 신고
세종로 큰길을 추억처럼 걸어가던
한 사내의 뒷모습과 동행했었지
오후의 햇살은 실성하기에 좋았고.

무생물에 가까운 물질과 관념의 세계에서
별 생각 없이 배회하던
공중보행자의, 이 지루한 세월,
익숙해진 사막의 시간들,
을 푹푹 밟으며 걸어가던 장화는
상징이었다, 탄력을 위한 고무의 움직임.

큰길 입구에 우뚝선 이순신장군의 동상을 지나
미대사관 정문을 지키는 장군의 후예들을 지나
박물관 쪽으로 걸어가는 장화를 따라
나는 머리 속 꾸정물을 출렁대며
비 오지 않은 딱딱한 길을 걸어갔고.

낙원을 꿈꾸지 않는다, 나는
그렇다고 하늘과 땅과 지렁이의 숨구멍을 틀어
막는
포장된 문명에 만족하지도 않는다
나는 다만 도둑과 거지의 중간쯤,
고양이 눈을 뜨고
무기력한 이 시절을 바라볼 뿐이다.

탄력을 위한다면
장화의 일생, 혹은 그 방향성에 대하여 나는
생각할 것이다, 또는 고무처럼 질기게 붙어 있는
내 몸 안의 헛간과 같은 그곳을
말끔히 치우는 일에 대하여도.

저녁의 첼로

기억이 어떤 기억된 헛간 문을 열고 들어갔다가
문에 대한 모든 기억들을 잃어버리고
그 어둔 공간 속에서
기억의 문짝을 애처롭게 두드릴 때, 그때
기억된 문의 녹슨 못을 뽑아줄 큼직한 장도리는
기억들 밖에 있는가
기억과 함께 그 헛간 속에 있는가.

눈썹만한 기억들이 시들시들 떨어져 나갈 때의
묘한 느낌들, 이러다가 나는 솜털 하나 남지
않은
기억의 문둥이가 될지도 몰라.

먼지가 없으면 석양의 노을빛도 없겠지.

파먹힌 낙엽이라도 한 장 가슴에 달아볼까?

비에 대한 유리창의 기억

커튼에 수놓인 새 한 마리의 하늘은
검은 실 한 타래.

스산한 겨울의 밤하늘을 비추던
연탄구멍만한 별들도 이제는
가뭇가뭇하고.

계단 밑 컴컴한 구석을 드나들던
그 회색고양이는 어디로 갔을까.

파놓은 무덤 속에
시체보다도 먼저 들어가
주인을 기다리는 벌레들
한두 마리가 아니고.

구더기들은 구석진 곳에서
무더기로 모여산다.
허지만 그들끼리는 전혀 더럽지 않다.

죽어서 만난 인연
오징어와 땅콩.

그런데 고양이들은 어디로 갔을까?

창밖을 내다보던 내 머리채를
누군가 뒤에서 확 끄잡아 당긴다.
아이에게는 죄가 없다.

투망

흐르는 물살의 맑은 속을 들여다보며
내가 유년의 기억들을 향해
힘껏 투망을 던지면
비린 고기의 냄새보다도 먼저
큼직하게 걸려 올라오는 것들은
언제나 끈적끈적한 기억들.

이끼 많던 시간 속에서의 유영은
물 속에 잠긴 마을만큼이나
조용하고, 말이 없다. 허나
고요 속에서도 내 기억의 집들은
허물어지고.

투망. 물살을 거슬러 올라가는
등 푸른 고기들이 내 유년을
환호성치게 만들지도 모르는 일이다.

냇가에 버려진 비늘 하나 반짝거린다.
햇살에 몸 말리는 오후.

흐린 날의 만남

각자 아가리의 크기와 모양대로 잡아먹고
뜯어먹고 갉아먹고 빨아먹고 말아먹고
그것이 바닷속 풍경.
(한 아이가 모래밭에서 모래를 모으고 있었다)
바다.
옆구리를 한 입 뜯어먹히고 떠밀려온
청어의 쾌쾌한 눈알을 통해 들여다본
바다. 흐린 날
(모래밭에서 모래를 모으고 있던 아이)
밖은 물도 하늘도 구별되지 않는 고요인데
해변은 바다가 내던진 청어의
이름만큼 맑지 않은 썩은 눈알로
이리저리 비리게 흘러다니고 있었다.
(모래밭을 모래로 퍼담던 아이)
그리고
너희들과의 까닭 모를 만남.

엘리베이터

  털가죽이 벗겨진 채로 냉동차에 실려 운반되는
소와
  자궁에서 절단난 후
  하수도로 쏟아져 내려가는 아가가
  느끼는 차가움에, 비할 바는 아니겠지만
  엘리베이터, 큰 상자, 금속만이 간직한, 차가
운 벽에
  몸을 옆으로 기댄다, 열렸던 문은 닫히고

  아래로 떨어지는 아뜩한 현기증, 회오리의 둥
그런 계단.
  버려진 것들은 흘러 어디로 가서
  추락의 의미를 완성시킬까.

  흘러 물이 되지 못하는 사랑은
  단지 쏟아버림 뒤에 오는
  허탈의 허허로움 같은 그 무엇이겠지.
  허지만 어디쯤에서 문 다시 열리면

자동으로 우리의 건망증 깊은 사랑은
다시 시작될테고.

하얀 배를 내놓고 물 위에 떠오르는 고기들과
하수구를 빠져나온 생기다만 곤 달걀과
온갖 비닐들이 두둥실 떠오르는
오후의 강변을 따라, 석양의 노을은
아랑곳없이 곱게도 펼쳐져 있을테고……

꼽추가 낙타를 타고

슬픔은 곧잘 웃음거리가 된다.
엉덩이를 실룩거리며
동물원 한쪽 구석을 달려가고 있는
한 무리의 타조들
분장을 하지 않아도
펑퍼짐한 엉덩이로 관중들을 웃길 줄 아는
초원의 광대, 뚱뚱한 몸의
새
잃어버린 하늘이 그리워
급한 마음의 서툰 날개짓으로
대공원의 한구석을 성큼성큼 뛰어가는
우리들의 새.

신화의 힘

1

껍질을 벗기고 보니
벌어진 가슴, 뱀의 내장 속으로는
새로 탄생한 초록별들이 맑게 흐르고 있었다
두 줄기의 관을 타고 흘러내리며
너무도 투명하게 반짝이고 있는
햇살들, 그리고
붉은 피돌기 혈관들이 모여
선명하게 콩닥거리고 있는 작은 심장.
악마.
신의 질투는 이 완벽한 아름다움에서부터
시작되었을 것이다.

2

도마 위에서 머리와 꼬리가 난도질당하고
벌어진 가슴 사이를 지나가는 엄지손가락이
내장들을 한꺼번에 훑어내는 동안

놀란 내 눈은 그 옆에 꼼짝도 않고 서 있었다.
말이 끝나는 곳에 진실이 있다 했지만
진실, 그 자체도 이곳에서는
얼마나 거부하고 싶었던 말 못할 사연이었던가.

3

함지를 가득 채운 물속에서
알몸은 오래도록 꿈틀거리고 있었다.
억센 힘.
신경조직과 기관들이 해체된 상태에서도
오랫동안 제 알몸을 뒤흔드는
저 알 수 없는 힘.
질투의 여신과 복수의 신이
손톱을 바짝 세우고 서로 피터지게 할퀴는 듯
한……
신과 악마, 긍정과 부정이
내 마음 속에서 하나가 될 수 있다면! *

4

긴장된 근육들은 오래도록 꿈틀거리고 있었다.
버려진 몸들을 땅속에 파묻는 동안에도
파묻힌 살점들을 다시 땅속에서 꺼내
맛있게 집어먹는 고양이를
내가 속절없이 바라보고 있는 동안에도,

숯불은 붉게 타오르고 있었다.
온 산을 불태우며 해는 넘어가고
지금은 늙어 폭발했을지도 모르는
초록별들이
맑게 눈뜨고 있었다.

---

* 니코스 카잔차키스 『오뒷세이아』 제10편에서

풍선, 입, 하늘

막혔던 주둥이를 풀어놓자
지랄을 떨며 하늘 속을 날아다니던
고무풍선,
늙음으로 추해진 노파의
生에 대한 집착만큼이나 크게 주름져서
힘없이 땅 위로 떨어진다.
터진 입이 수다스럽게 내뿜던
풍선만한 허파 바람이 있긴 있었지만
하늘은 변한 것 하나 없는
있는 그대로의 하늘. 그 안에서
저 혼자 부풀었다가
저 혼자 시들시들 꺼져간
고민 많던 그 무엇이
잠시 있긴 있었지만

유목민의 마을

대들보가 무너지고
지붕이 무너지고, 그 위에
시커멓게 그을은 살림의 굴뚝들이 무너진다
판자촌에 살다가
판자에 옹이 구멍만한 휑한 슬픔을 남기고
마을을 떠난 사람들

하늘과 땅, 그리고 풀잎의 적적함을 달래주는
바람, 돌, 나무, 곤충들 모두가
그 어느 누구의 것도 아닌
본래 그대로의 그들
조화로운 모습인데

터를 잃고 뿔뿔이 흩어져
현란한 밤거리를 헤메고다니는
아메리카 인디언들,
무너진, 마을, 사람들,
모두는 어디로들 갔나

고요한 블랙홀

수족관 붕어들이 연실 입을 뻥긋거리며
말문 대신 항문을 활짝 열어놓고
똥의 언어를 구사하고 있을 때,
그들은 다방 한켠에 모여앉아 수근거리고 있었다
어떤 말 못할 사연이 그를
무성영화시대로 끌고 갔는지에 대해.

추측들은 무성했다. 무성할 뿐이었다.
송곳으로 자기가 고막을 찢었다는 설과
말에 대한 환멸감이
급기야 청각을 마비시켰다는 설.
아무튼 그는 어느 날 귀머거리가 되었다.

고요는
어둔 심연으로 떨어지는
짧은 시간 속의 무한한 절망감을
공감하게끔도 했지만
그를 생각나게 하는

그런 여여한 시간들은 아주 잠깐.
말의 솥뚜껑을 열어놓고
휘저으며
한참동안 부글부글 끓여야 하는
여물 같은 시간들 속에서 나는
내가 끓인 여물을 조금 얻어먹고 살아간다.

시간은 많은 눈꼽들을 여기저기 흩어놓았고
가슴지느러미의 작은 움직임에도
바닥에 쌓인 똥들은 펄럭이고 있었다.
내면의 풍경은 탁한 어둠.
말하고 싶지 않아

말의 그늘로부터 벗어난
그의 귓속 긴 터널은
블랙홀.
모든 소리와 빛까지도 소멸되는,
고요만이 맑게 눈 뜨는,

그의 가족

달밤이다
무 구덩이 속에서
털이 숭숭 달린 조선무를
끄집어 올리던 사내의 굵은 팔뚝도
달밤이다
무 구덩이 속에 누워 있다가
옆구리 찔린 무들
꼬챙이 굵기를 간직한 채
한 광주리 가득 쌓여 있다
달밤이다
무
구멍이 유난히 크고
깊다
밤달의
서리 허연 달빛
차갑게 누워 있다

돌꽃

바위 틈에 뿌리 내린 채
낮은 곳으로 그립게 흘러가는
바람의 작은 스침에도
몸 전체를 뒤흔드는
돌꽃도 있겠지만

돌 스스로가 꽃피운 돌꽃도 있겠다
돌의 몸에서 터져나온 봉오리며 잎사귀들
한평생 뜬눈으로 지켜보아도
성장의 어떠한 흔적 느낄 수 없는……
돌들의 장황한 시간 때문만은 아니리라
분출된 용암보다도 쉽게 굳어버린
무생물에 대한 이 견고한 생각의 껍질

껍질 돌비늘처럼 한겹 벗겨지고나면
돌 속에서 스며나오는 그윽한 향기
두 손을 호주머니에 꽂은 휘파람처럼
홀홀 날아다니겠고

황무지를 개간하는 돌들의 꽃은
바람과 햇살 속에 가득하겠고

중심을 향해 달리는 바퀴

흰 블라우스가 말했다
—— 자전거를 타면서 살아왔어. 핸들을 힘껏 쥐고
넘어지지 않으려고 늘 긴장하면서……
가끔은 자전거를 내던질 줄도 알아야 하는데……

바퀴는 길 옆으로 쓰러져 있었다. 구르지 않는 바퀴는
찌그러졌어도 좋았다. 마치
몸이 뒤집혀버린 거북이가 나 살려라 발버둥쳐대던
허공은
초원의 온갖 이빨들과 주둥이들의 공격에도
그냥 묵묵히 허공으로 남아
딱딱한 등껍질의 잔해를 텅빔으로만 가득 채우듯이
구르지 않는 바퀴의 중심도
그냥 그렇게 파먹힌 듯이 보였다.

구르는 것은 바퀴의 몫.
자아에 대한 강한 집념의 상징으로 생각해도 좋고
공허로운 허공 속을 부질없이 배회하는
하나의 현상으로 생각해도 좋을 바퀴는
표상은
쓰러져 있었고

자전거에 대해서는 일종의 편치 않은 마음——
안장 위에 경중 올라앉아
후진 없이, 멈추지도 말고, 쓰러지지도 말고
부지런히 달려가야 하는 비애가 있다,
비애라고 생각지 않는 것도 자신의 몫.

중심은 어디에나 있다. 없다.
중심은 아무데도 없다. 있다.
중심을 향해 달리는 바퀴의 중심은
밖에 있을 수도
안에 있을 수도 있다.

베수비어스 화산

동굴은 오랫동안 빛 들지 않았고
더군다나 박쥐의 천장까지 가득 들어찬 검은
화산재들이
두려운 몸을 떨며 동굴 속으로 피신했던
폼베이 마을 사람들의 죽음의 순간들을
간직하게 되었다. 현장감 있는 스냅 사진처럼

몸부림치는 죽음의 마귀 같은 표정까지도
품고 있던 보석들을 끝까지 지키려는 마음까지도
고스란히 보관하고 있던 화산 베수비어스.

온천과 진흙천이 화산이 주는 선물인지도 모르고
욕탕에서 음탕한 욕구를 채우며
산봉우리 같은 젖통을 열렬히 핥아대던 사람들도,
포도주의 넘실거리는 욕망으로
세상을 붉게 물들이며 악사들을 불러모으던 사
람들도
줄지은 창자처럼 길게 늘어진 동굴 속에서는

죽음의 향연으로 말이 없다.

조각난 도자기를 둥글게 짜맞추는 접합 작업은
텅 빈 그릇의 두개골로 이어지고
2천년 동안이나 계속되어 온 고통스런 죽음의
순간은
뜨거운 산사태와
두텁게 쌓인 화산재를 걷어내면서 완성된다.

오랫동안 빛 들지 않은 동굴을
좀먹듯이 파들어가는 사람들은 말한다
죽음의 근접은 생명의 가치를 높여준다고.

잠자는 베수비어스

　죽음의 순간들과
　그들이 남긴 최후의 앙상한 뼈를 지켜보는
　몇몇 마을 사람들은 말한다
　베수비어스는 자고 있으나 그 심장은 뛰고 있
다고.

　식은 용암의 땅이 주기적으로 흔들거리고
　아황산가스가 분출되고
　분화구 주위의 진흙들은 진흙답지 않게 이글거
리며
　아직도 인간의 힘은 자연보다 위대하다고 외치
는 그들에게
　뜨거운 맛 좀 보여주겠다고 다짐이라도 하듯
　――로마시대에만도 50번이나 폭발하였고
　1944년에도 2개 마을을 폐허로 만들어버린

　휴화산은 꿈틀거린다. 경작지에서
　믿지 않는 땅을 갈아엎는 부단한 삽질의 수고를

덜어주겠다고, 쑥밭으로 만들어주겠다고
축처진 귓볼을 세게 잡아당기며
답답한 귓구멍에다 직접 얘기하는 사람처럼

발 밑의 깊은 땅 속에서 마그마를 두레박질하
고 있는
베수비어스.

이름 없는 뒷산

이름 없는 뒷산의 낮은 언덕길을 지날 때면
어떤 신성한 느낌, 궁륭은 진흙으로 가득하고
뿌리를 거의 다 드러낸 채
비와 바람의 흔적을 간직한 나무들은
앙상한 그늘 속에서 빚어진 생명의 뒷이야기들을
흥겹게 들려준다.

진흙을 주무르던 공작시간은 늘 분주했고
비록 내 손에서 싹튼 생명은 없었어도
내 마음 속에서 어루만지던 파충류들은
다시 진흙산으로 돌아가 진흙으로 남아 있을
것이다.
도마뱀, 이구아나, 카멜레온, 공룡……
창조의 희열보다는, 사실은
손가락 틈새를 빠져나가는 미끈한 욕망과도 같은
그 보드라운 반죽을 갖고
노는 것이 즐거웠을 뿐이었던 시절.
진흙을 주물렀다던 신의 손길과 마음도

그것과 크게 다르지는 않았을 것이다.

흙냄새, 칠흑 같은 밤이면 더욱 무성히 풍겨나고
원시성을 잃지 않은 그리운 것들
잠시나마 숲속으로 되돌아간다.

탄생의 뒷얘기 이후, 존재에 대한 물음들은
그때마다 내 등어리를 내려찍는
갈쿠리 같은 의문부호의 상처만 남길 뿐이었
다.
나는 누구인가?
존재에 관해서는
神이
가장 큰 콤플렉스를 갖고 있겠지만,
앞으로도 계속될 이 물음표들의 행진은
피조물과 조물주 사이의 어정쩡한 가랭이로
아마 진흙의 언덕을 지나가게 될 것이다.
이름 없는 뒷산.

3

왕잠자리의 산책길

물 속에서만도 일곱 번 가량을 허물벗는다는
왕잠자리 애벌레의 변신, 그리고
날개를 다는 꿈.
신기루, 혹은 눈뜨고 보는 헛것들의 세계에서
망령들끼리 서로 지친 악수를 건네던
서울에서의 일곱 해 세월은
참 칠칠맞게도 흘러갔고.

허물을 벗은 기억이라고는 없다.
다만 몇 군데에만 열어놓았던 마음의 텃밭.
지팡이 끝으로 지구를 조심스럽게 더듬는
맹인 같았다고나 할까.

잘 여문 가을 햇살을 온몸에 끼었으며
활짝 핀 들국화 주위로 가뿟하게 날아다니던
왕잠자리의 산책길을 따라
나도 연못을 크게 한바퀴 걸어보는 아침.

마지막 주자

기다리는 버스는 오지 않고
길옆에 늘어선 깃발들 쪽으로
펄럭이는 바람만 지나가고 있다
지루한 구두의 일생도 달래줄 겸
돌멩이도 힘껏 걷어차 보고

마라톤대회를 알리는 플래카드가
나무와 나무 사이에 걸려 있다
나무와 나무를 사이좋게 이어줄려는 것은 아니다
호주머니에 손 꼽고 나무를 몇 바퀴 돌다보니

산기슭을 돌아서는 대회의 마지막 주자
바로 뒤에는 엠블런스의 불안한 불빛
지친 그림자를 졸졸 따라가고 있다
환호성도 없는 길을 끝까지 뛰어가는 사람

길옆에는 박수소리로 늘어선 군중들 대신
다 진 꽃잎의 코스모스가

빈 대궁으로
바람 같은 몸을 흔들고 있다

으악새

으악새를 무슨 새의 일종으로 생각했을 때
으악새는 어찌 울까, 오시시하게
으악—— 으악—— 울까? 궁금했고
으악새가 무슨 풀의 일종이라는 것을 알았을 때
으악새는 어찌 생겼을까, 열매나 꽃이 혹시
해골바가지를 닮아
마음 약한 사람들을 놀래키는 것은 아닐까?
궁금했으나
으악새, 나의 갖가지 상상력을 뒤엎으며
가을 들판을 뽀얗게 흔들고 있는 억새
풀.
잎사귀 없는 새가
털 없는 나무가지에 앉아 울고 있다.

누드새

산길을 걷다 들은 이름 모를 새 소리 때문에
나는 오후 내내 게걸스럽게 웃고 다녔네.
그 소리는 마치 우스꽝스럽게 생긴 내 배꼽이
〈나는 왜 당신 몸에 붙어서
쩔은 때와 함께 살아야 하나요?〉
심각한 표정으로 내게 묻는 것과 같았네.
그 이름 모를 새 소리 때문에
〈호-딱벗고 호-딱벗고〉 우는 그 새 소리 때문에
나는 오후 내내 내 배꼽을 찌그러뜨리며
웃고 다녔네.
〈아 글쎄 나는 왜 당신 몸에 붙어서
쩔을 때와 함께 살아야 하냐구요!〉

집으로 가는 길

논둑길을 따라 집으로 가는 길에는
개구리들 울음소리.
물속에 앉아서 하염없이 울고 있는
개구리들 울음소리.
울음소리 그치지 않는다.
논둑에 앉아 그 소리 듣다 보면
어느새 한철 지나 이슬 내리고
집으로 가는 길에는
허연 달빛만 대책 없이 깔려 있고.

내 눈

세상에 궁금한 것이 너무 많아
내 눈이 커졌지요.
세상에 놀랄 만한 것이 너무 많아
내 눈이 튀어나왔지요.
하지만 이제는 때로
눈을 감을 줄도 알지요.

지우개를 위하여

지우개는 흔적을 지우는 일에 충실하다
지우다라는 말을 직접 눈으로 보여주기 위해
지우개는
넘치듯 흘러나온 거품 같은 말들을
말들의 흔적을
빗자루질하듯 쓸어낸다
더럽혀진 흰 종이의 얼굴을
맑게 닦아준다

지우개가 지나간 자리에는
밀어놓은 때 같은 말들이 널려 있다

제 몸을 깎아내는 일이 아마 헌신일 것이다
물론 지우개는 자신이 성스럽게 여겨져
제 몸을 더럽히는 그런 일에 나서려 하지 않는
타락한 성직자들과는 좀 다르겠지만

마음의 구조

다 큰 사내의 서러운 울음……

별, 빛,
무심하게도 맑구나
먼 과거로부터 새롭게 눈뜨는,
선과 악, 성과 속
그 어떤 의미로도 무의미한,
슬픔의 어떤 실오라기 같은 기억도
갖고 있지 않은……

네 쪽으로
내 그리운 마음의 안테나를 이리저리 돌려보는
헛헛한 밤.

구원은 죽은 후의 일인가?

불나방

불 속으로 뛰어들어
푸득푸득 종말의 날개를 털다가
다 탄 재로
어둔 밤하늘을 날아가는
불나방들.

불의 역사에도 굳굳이 살아남아
진화되지도 않은 채로
하늘 한켠을 가렵게 긁으며 날아온
불나방들.

활활 타오르는 불과의
단 한번 만남으로
뻔데기를 거쳐온 모든
주름진 생을 마감하는
나방들의 불꽃.

뜨겁다.
종말의 고통만이 순간일 뿐이다.

바지와 나

내 바지가랑이를 붙들고
언제부터였는지도 모르게
깊은 산속을
이리저리 돌아다닌 도깨비바늘.
모르는 길을
나도 하염없이 걸어왔건만⋯⋯

바지가 맺은 인연이라면 인연이겠지
헐렁한 천 껍데기의 스침.
나는 늘 바람 많은 나무였으니——

내가 싹틔운 잎사귀 하나 없이
각색의 헝겊 쪼가리를 걸어놓은
바람 많은 나무,
나 없이 걸어가던 바지 속에서
나는 단지 펄렁이던 바람이었으니

분별심 없는 착한 마음으로
도깨비바늘을 온몸에 꽂고

도깨비가 되든 고슴도치가 되든

길 없는 숲속 길을
한량하게 흘러다니다
너와는 마른 나뭇가지 위에서
펄렁이는 바람으로나 만날 일.

마음의 형상

虛하기 이를 데 없는 그 마음은 무엇인지

경계를 벗어난 여여한 마음은
생각 밖에서
어떻게 구해야 하는 것인지

빈 배가 가득 싣고 온 달빛을
그윽하게 바라본 자의 마음은
혹시 달빛에 엮이지나 않았는지

알 수 없는 나를 지탱해 온
의문부호 형상의 뼈들,
굽은 등줄기, 그 아래서
물음표를 완성시키는
퇴화된 꼬리뼈의 흔적, 한 매듭
나

마음의 현상

이름도 모르겠는 작은 풀꽃들이
세상을 이쁘게 감싸주고
풀숲 사이로 바스락거리며 지나가는
화사한 꽃뱀이
단풍잎들을 더욱 짙게 물들일 때

당신 유령 아니요?
놀란 마음이 서로를 빤히 쳐다본다
깊은 산중에서
가장 두려운 것은
사람을 만나는 일
외로움에 말라 비틀어 죽더라도
사람과는 길을 비껴가는

당신 유령 아니요?

절벽의 끝은 하늘인가

절망이 절벽을 낳고
절벽이 충동을 낳으니

절벽은
추락한 자들의 비명소리로 가득하고
그래서인지 절벽은
위로받지 못한 죽음의 큰 비석처럼 보이기도
하고
한때 살아본 경험이 있는 넋빠진 자의 무덤에
흰 구름을 얹혀주는
병풍처럼 보이기도 한다

구슬픈 노랫가락으로
숱한 뼈들을 묻으며 다져온 땅 위에
할미꽃은 유난히도 휘청 피고
송장메뚜기의 잿빛 날개는
무덤가 그늘을 더욱 어둡게 만든다
영혼에 대해서는 잘 알 수 없지만

존재의 이 허구적 슬픔은 너무도 절실하여
충동을 낳으니

절벽을
이제 막다른 길의 의미에서
좀 벗어나게 할 수는 없을까!

마음의 起源

생각은 그야말로 한때 일어난
부질없는 생각에 지나지 않았다

탄생된 생명에 대하여
싱글벙글할 이유도 없고
소멸된 생명에 대하여
눈물 콧물 닦고 싶은 생각도 없다던
내가
내가……

진저리.
이제 정말
희망이 안겨주는 그 무한한 절망에 대하여,
그리고 절망 속에서 느끼는
작은 기쁨들의 행복에 대하여

마음의 소멸

무기력한 날들은
공룡과 함께 했던 즐겁던 시간들을
무참히도 짓밟아버렸다.
앙상한 뼈로 조립이 완성된 티라노사우러스,
트리케라톱스, 스테고사우러스,
그들 거한들의 세계에서 함께 어슬렁거리던
내 상상의 뜨락을

무참히도 짓밟아버린 것은 바로 그
無氣力이 갖고 있는 힘찬 기운이었다.
생각지도 않은 멍한 날들이
공룡을 다시 먼지 속에 파묻고 있을 때

담배불에 타 죽은 개미
파리채에 맞아 죽은 귀뚜라미
기절했다가 다시 불 타 죽은 파리
화장지에 꾹꾹 눌려 죽은 그리마
그냥 아무 생각도 없이

아무런 죄의식, 생명에 대한 어떤 경이로움도
걸림도 없이
無心하게
내 손으로 잡아죽인

새

오후의 창문으로
순식간에 지나간
새
그림자

흔적도 없구나

횡단철도

시베리아 벌판을 살벌하게 휘몰아치는
눈보라, 끝도 없어
짐승 없는 대륙 초기의 모습을 엿보는 것도 같
은데,
시커먼 연기와 큰 기적소리로
雪山을 다스리는 백색의 나라
고요왕의 시간을 뒤흔들며
벌판을 달려가는 열차.

(시베리아 횡단철도가
아직 잠 깨지 않은 돌들의 시간을 가로질러 간
다면
내 외투에 달린 지퍼는
들끓는 가슴 속 용암의 시간을 지나다니는
종단철도.
목에서부터 배꼽 아래
욕망이라는 이름의 종착역까지)

홀로 힘차구나
눈 내리는 벌판의 고요를 뒤흔들며 씩씩하게
달려가는
이 화통아.

聖人의 길

텅텅 열려 있는 하늘 쪽으로
조금씩 제 키를 키워가는 나무들.
눈 쌓인 골짜기를 타고 흘러내리는
흰색의 고요, 그윽한 산.
담장 밑 볏짚더미 위로 쏟아지는
오후의 보풀보풀한 햇살.
충분하다.
聖人들이 걸어간 길의 흔적은
아마 겨울에 찾을 수 있을 것이다.

암흑성운의 먼지들

눈만 들어도
반짝이는 별들로의 무한한 우주여행은
언제나 쉽게 떠날 수 있었다
준비물도 필요 없는
신비로운 공간 속으로의 감각여행.

늘 그리워하면서도 가깝게 두지 못한 하늘.
아마 하늘을 향해 들썩이던 머리 위의 숨구멍이
굳어버린 때문이겠지, 눈에 보이는 별들보다
빛의 밝음을 흡수하는 암흑성운의 먼지들,
먼지 그늘에 가린 별들이
훨씬 더 많을지도 모르는 것처럼
내 머리를 뒤집어 싸고 있던 몽롱함이
나를 맑음으로부터 그늘지게 한 것이겠지.

세상의 먼지들을
잡다한 먼지로 만든 것이 결국
나니까.

회화나무의 가을

잎이 떨어지고
하늘에
염주알만한 열매들만 달려 있다.

눈 내리는 날 나는 누구인가

겨울나무를 창 밖으로 바라보며
내가 잎사귀 하나 없는
꿈 없는 밤을 꿈꿀 때
첫눈이 왔던가?
그 밤에 너는
어깨 위에 수북한 눈을 얹고
문 앞에서 신발을 쾅쾅 털며
있니?
나를 찾아왔던가?
·
·
·
나?

최계선

1962년 춘천에서 태어났다.
강원대학교 자원공학과를 졸업했다.
1986년《세계의 문학》으로 등단했으며 시집으로『검은 지층』이 있다.

저녁의 첼로

1판 1쇄 펴냄 · 1993년 10월 5일
2판 1쇄 펴냄 · 2012년 4월 27일

지은이 · 최계선
발행인 · 박근섭, 박상준
편집인 · 장은수
펴낸곳 · (주)민음사

출판 등록 1966. 5. 19. 제16-490호
서울시 강남구 신사동 506번지 강남출판문화센터 5층 (우)135-887
대표전화 515-2000 / 팩시밀리 515-2007
www.minumsa.com